AF191272

Henrik Woelk

# Dem Meister des Maßes

Für alle Liebenden
und alle Sterbenden

Herstellung: Books on Demand GmbH
ISBN 3-8311-4140-1

# Céciles Liebe

*„... indes das Schwanken langsam innehielt, der Sand unter dem (...)*
*Bootsrumpf knirschte, der sich wie zwei Hände auf das dunstige Ufer*
*öffnete; er war allein, da der Fährmann in der Nacht verschwunden*
*und wahrscheinlich zurückgekehrt war, um einen anderen Schatten*
*abzuholen."*
(Michel Butor, „Die Modifikation")

Das Boot kündigte sich als Ahnung im Nebel an, noch bevor ich die Umrisse näher kommen sehe. Obwohl der Fluss kaum Wellen schlägt, gerät der kleine hölzerne Kahn – seitlich von ihnen getroffen – erheblich ins Schwanken. Geschickt verhindert der am Heck stehende Fährmann mit einer langen Ruderstange ein Kentern und treibt das Boot voran. Schon kann ich seine sehnige Gestalt erkennen, das alte Gesicht mit den tiefen Augen, die verschwommen bleiben. Unschlüssig beobachte ich sein Anlegen und werde von seiner sanften Stimme überrascht: „Möchtest du auf die andere Seite?"

Den mürben Nachgeschmack des Traumes auf der Zunge trank Nélido einen Espresso in dem Café gegenüber seiner Wohnung und sprach über Cécile. Ihre jugendliche Attraktivität faszinierte ihn, und er bemühte sich seit Wochen vergeblich um sie. „Genau genommen bemühst du dich nicht um sie, sondern spielst nur mit dem Gedanken, den du dann jedes Mal farbenreich beschreibst", korrigierte Mario ihn. Nélido spielte mit seiner Untertasse, betrachtete seine schmale, braune Hand in der Sonne und sagte mit dem vagen Tonfall einer Entschuldigung: „Erst der Gedanke ermöglicht das Handeln." Mario sah zerstreut einer Gruppe kokettierender Schülerinnen hinterher und war von dem dutzend Mal geführten Gespräch gelangweilt.
Nélido wusste, was als Nächstes gesagt werden würde. Es stimmte, er kannte Cécile nicht oder konnte sie we-

nigstens nicht kennen, hatte noch nie ein Wort mit ihr gewechselt, wusste nichts von ihr, außer dass er abends häufig an sie dachte, dann ihrem schlafwandlerischen Blick aus den unverstellten Augen folgte, den fast unbeholfenen und gleichzeitig gleitenden Bewegungsabläufen ihrer Silhouette hinterher sah, wenn sie kurz nach sieben an seiner Wohnung vorbei ging. Vermutlich hatte sie ihn noch nie bemerkt.

Nach einigen schweigsamen Minuten verließ Mario das Café unter einem Vorwand, den Nélido gleich wieder vergaß. Er zahlte und schlenderte ziellos durch das Viertel. In zahlreichen Buchläden stöberte er und dachte über Cécile nach, dachte sich Abenteuer mit ihr aus und kaufte ein Buch von Pinon. Am Nachmittag besorgte er sich an einem Straßenstand ein kleines Mittagessen, das er vor einem der Denkmäler der Stadt aß. Das Flanieren der Menschen setzte sich in seinen Gedanken nieder und an einem kleinen Kanal erinnerte er sich des Fährmanns, an einen ehemals gelehrten Glauben, nach dem man eine geringe Münze zur Überfahrt in das andere Reich entrichten muss. Ein Taubenschwarm schreckte ihn auf, führte ihn weiter, in eine Bar, in seine Wohnung.

Dort legte er sich auf sein Bett und genoss das matte Licht, das die geschlossenen Fensterläden nur zuließen. und die Kühle. Er schlief ein wenig, halbwach, kreiste um Cécile, die er gleich sehen würde; dachte an Mario, seine Entschlusslosigkeit, Verzagtheit – und an seine Liebe. Heute würde er ihr nur nachschauen, aber morgen ... Nélido entschloss sich, Cécile kennen zu lernen. Kurz nach sieben kam sie an seinem Fenster vorbei, er sah ihren leichten Schritt, die bewegten Arme, den zerbrechlichen Hals und rätselhaften Blick. Nélido schloss das Fenster; kochte sich einen Kakao, las einige Passagen aus „Las ruinas circulades" und spürte eine angenehme Müdigkeit in sich sinken.

Es war noch recht früh, aber er wollte sich auf den nächsten Tag vorbereiten, ausgeschlafen sein und hoffte auf einen Traum, frei von Liebessorgen. Nélido legte sich auf sein Bett, schlug das Laken über die Brust und dachte noch nach und schlief ein.

Der Kahn taucht lautlos aus dem Nebel auf. Der Sand auf dem ich stehe ist schwarz. Durch die nackten Zehen sickert die Feuchtigkeit über meine Füße. Der Fährmann legt am Ufer an und ich warte auf seine Frage. „Möchtest du auf die andere Seite?" Hinter seinen klaren Zügen kann ich die Augen nicht erkennen. Seine Worte beginnen als Neugierde meinen Kopf zu durchziehen, ich spiele mit der Antwort. Ich versuche durch den Nebel zu spähen und sehe nur Dunkelheit und ein dumpfes Hämmern, tief aus dem Wasser.

Die Zimmerwirtin klopfte energischer gegen Nélidos Zimmertür. Sie brachte ihm seinen Kaffee, den er im Bett beroch. Er genoss den Vormittag allein in seinem Raum, das Sonnenspiel auf dem weißen Laken, der morgendlichen Haut. In der frühen Mittagszeit fegte er das Zimmer, um auch eine äußere Ordnung herzustellen. In einem weißen Hemd und einer dunkleren Leinenhose verließ er wenig später seine Wohnung, um in irgendeinem Café einen Freund aufzuspüren. Als es dann Mario war, den er schließlich traf, hatte er wenig Lust, sein abendliches Vorhaben im voraus zu zerreden. Lieber sprach er über seinen Traum, der ihm erstaunlich klar in Erinnerung war. Mario kannte die Mythologie um den Fährmann, auf dessen Hilfe man angewiesen war, um in das Schattenreich zu gelangen. „Ich bin neugierig, ob der Traum wiederkehrt, oder ob ich ewig an diesem Ufer stehen bleiben muss. Heute hat mich die Wirtin geweckt, bevor ich mich entscheiden konnte. Ich hoffe, ich werde das nächste Mal den Mut haben, mich über setzen zu lassen", übertrieb Nélido und war in sich bei Cécile. Das Thema interessierte Mario, der sich für Übersinnliches und Legenden begeistern konnte, um sein Halbwissen dann zu einem wirren Aberglauben zu vermengen. Nélido hütete sich, ihm das zu sagen. „Du solltest dich nicht auf die andere Seite fahren lassen, auch nicht im Traum, erst recht nicht im Traum! Glaubst du etwa, Träume seien nur Phantasiegespinste? Gerade wenn du dich gut erinnern kannst oder mehrmals Ähnliches träumst, solltest du es als Warnung verstehen. Was willst du auch auf der anderen Seite? Da kommst du noch früh genug hin!", ereiferte sich Mario. Nélido dachte an seine Liebe zu Cécile, der Finsternis hinter dem Nebel und gab ihm insgeheim Recht, auch wenn er lachte.

Da sie sich nicht über Cécile unterhielten, schien der Nachmittag beinah heiter, ihre Freundschaft weniger abgenutzt. Um sechs war Nélido wieder in seinem Zimmer, kaum aufgeregt, nur erwartungsvoll gelöst. Am Abend lernte er Cécile kennen.


Céciles Jugend brach eine Schwere in Nélido. Sie verbrachten freie Stunden an den Tagen miteinander und genossen die noch ahnungsvolle Verbindung. Einmal fuhren sie weiter hinaus aus der Stadt und aßen helles Brot, Käse und Weintrauben auf einer Wiese mit wenigen Obstbäumen, die noch nicht in voller Blüte standen. Im Schatten eines kleinen Baumes küsste Cécile Nélido das erste Mal, ein wenig berauscht von dem roten Landwein, der aus Frankreich kam, wie ihre Mutter.

In den Nächten und in der Stadt überraschte sie ihn mit Gedankengängen, die er heimlich „ihre Verrücktheit" nannte und so sehr liebte, dass er davon lachen oder weinen konnte. Dann waren sie sich näher als zwei Körper sich sein können.

Alles war richtig und gut und wurde nur noch mehr Einklang zwischen ihnen und fast ohne Zeit.

Im Sommer beschlossen sie einen gemeinsamen Urlaub. Sie kauften einfache Bahnkarten und fuhren über Milano in Richtung Süden mit der Absicht, einen beliebigen Ort auf der Strecke zu ihrem Ziel zu machen. Zweimal stiegen sie an sehr kleinen Haltestellen aus, besuchten das einzige Café oder einen unsortierten Laden, machten einen Spaziergang und fuhren ohne Übernachtung weiter. In Brindisi, der Stadt des Endbahnhofes, wollten sie nicht bleiben und ersonnen einen weiteren Weg. Nach beharrlicher Verhandlung in Brocken von Spanisch, Französisch und Italienisch bekamen sie in der Gepäckaufbewahrung, die auch ein Reisebüro war, zwei Bordkarten für die bereits ausgebuchte Nachtfähre auf den Peloponnes. Um die rechtzeitig zu erreichen mussten sie durch die halbe Stadt laufen mit ihrem zwar kleinen aber in den Menschenmengen  unhandlichem Gepäck. Es lagen drei Schiffe an der beschriebenen Stelle im Hafen und sie sprangen lachend verschwitzt, ohne zu wissen, welches das richtige sei, auf das, das gerade ablegte. Der Steward machte einen Scherz mit ihnen, sie müssten noch einen Zuschlag zahlen, da es die Passage nach Ägypten sei. Cécile fand die Idee wundervoll, doch es war das Schiff, dass sie gebucht hatten, wie derselbe Steward dann hastig beteuerte. Da die Nacht mild war schliefen sie statt in der Großraumkabine in Schlafsäcken auf Deck und betrachteten die Sterne. Es ging ein Regen von Sternschnuppen nieder, und sie waren sicher, ihrem Ziel nah zu sein. Am Nachmittag des nächsten Tages erreichten sie Griechenland.

Erst die kühlenden Septemberwinde machen das Festland erträglich und nach einigen Tagen in überheißen Bussen quer durch wüstenähnliche Einöden, deren roten Staub ihnen gleichsam schön und unerträglich war, erreichten sie die Küste der Ägäis. Dort nahmen sie einer Empfehlung folgend eine zweite Fähre, um auf eine der Urlaubsinseln zu kommen. Zu jedem Zeitpunkt der Reise erwarteten sie neugierig hinter der nächsten Wegbiegung, am nächsten Horizont den Ort ihrer Hoffnung zu finden und ihre Vorstellung von diesem änderte sich ständig. Die Insel gefiel ihnen sehr, besonders die weiß getünchten Häuser und Gassen und der Fischerhafen. Sie blieben einige Tage, während ihr Wunsch wuchs nach einer anderen Insel, fernab der Touristenströme, mit einer verschwiegenen Bucht.

Als sie am achten Tag an den Hafenmolen die Fische fütternd frühstückten, kamen sie mit einem kleinen, schmächtigen Jungen in ein Gespräch über seine Angel und ihren Urlaub. Nur mit einer kurzen Hose bekleidet konnte man unter seiner braun gespannten Haut die zerbrechlichen Rippen hervortreten sehen, als er in kindlicher Bewunderung Céciles Schönheit benannte und ihnen den Rat gab, sich von einem der zahlreichen Fischerboote auf eine Insel bringen zu lassen, die von keiner Fährlinie angefahren wurde.

Cécile sprach ein wenig Griechisch und handelte mit einem älteren Fischer einen sehr niedrigen Preis aus, den Nélido bezahlte. Sie holten ihr kleines Gepäck und bestiegen das Boot, das bereits auf sie wartete. Der Fischer war schweigsam und beobachtete die junge Frau, wie sie mit ihrer Hand durch das helle Meer glitt. Einmal sahen sie Delphine. Als das Ufer lange nicht mehr zu sehen war, lächelte der Grieche und sprach zu Nélido, der ihn nicht verstand. Cécile bat ihn langsamer zu sprechen und übersetzte: „Er fragt dich, ob du auf die andere Seite möchtest."

*(Juli 1992, April 2002)*

## 17 Jahre sind genug

17.52 Uhr zeigte die von Frau P. sehr geschätzte Küchendigitaluhr („Man sieht immer sofort, wie spät es genau ist"), als ihr Mann das Haus verlässt, von ihr beauftragt, noch einige Kleinigkeiten zu besorgen. Acht Minuten bis Ladenschluss sind ausreichend, da nur zwanzig Meter weiter die Straße unter Zuhilfenahme der Fußgängerampel zu überqueren ist, und auch die hundertfünfzig Meter auf der anderen Seite schnell zurückgelegt sind.

Herr P. mochte es nicht, von seiner Frau kurz vor Ladenschluss losgeschickt zu werden, er eilte sich nicht gern, auch der kühle, ihn schnell durchnässende Regen war ihm zuwider, ebenso die Stimme seiner Frau, die siebzehnjährige Ehe und seine Ehepartnerin. Den Nachbarn grüßte er mechanisch, in Gedanken bei seinem Gespräch, das ihm schon als Kind die Schulwege und später die Ehejahre verkürzt hatte. Wenngleich nicht sichtbar, und er auch die Stimmen der Gesprächspartner mehr fühlte als hörte, waren die Personen doch immer dieselben: mit dem einen identifizierte sich Herr P., die andere Stimme war stets freundlich.

Herr P. schätzte diese erbaulichen Gespräche. Sie würden eine gemeinsame Kreuzfahrt machen, wohl noch bevor er das Lebensmittelgeschäft erreichte, denn als die Ampel grün zeigte, waren die Reiseplanungen schon so gut wie abgeschlossen. Beim Überqueren der Straße nahm er den Regen nicht mehr wahr, so groß war seine Überraschung, nach all den Jahren endlich das Gesicht seines Gesprächspartners zu sehen. „Natürlich ein Mann", dachte er für sich – nunmehr ohne Überraschung, wie er selbst Ende dreißig, vielleicht etwas dunkler und entsprechend den Gesprächen mit sympathischer Ausstrahlung. Mit den Tickets hatten sie Probleme, doch kurz vor Antritt der Reise wurden sie von Seiten der Reisegesellschaft informiert, dass eine Doppelkabine erster Klasse freigeworden sei.

Es dauerte einige Tage, bis sie die Kreuzfahrt genießen konnten, zu unruhig war die See anfangs, als dass man als ein das Seefahren nicht Gewohnter nicht seekrank geworden wäre; nun in südlichen Gewässern zeigte sich das Meer von seiner freundlichen Seite, und es war warm genug, den Tag nur mit Badehose bekleidet in den Deckstühlen verbringen zu können. Da das Wetter sich hielt – und nicht nur deswegen – blieb den beiden der Urlaub in angenehmer Erinnerung.

Frau P., die ihrem Mann an die Tür gefolgt war, um ihn an die Mitnahme des Regenschirmes zu erinnern, sah den Zusammenprall mit dem Motorrad überraschend ruhig mit an. Ihrem zweiten Mann gegenüber benutzt sie in diesem Zusammenhang gern das Wort „paralysiert".

*(September 1990)*

# Der Auftraggeber

„ARBEITE DARAN, als tätest du es für einen König. Oder – wenn das überhaupt vorstellbar ist – für einen Höheren noch als den König. Du bist für den Auftrag ausgesucht, ich lege mein Vertrauen in deine Hände. Enttäusche mich nicht."

Das Vertrauen nicht zu verletzen, fertigt er die Totenmaske mit größter Sorgfalt in heiliger Mühe an. Modelliert jede Wölbung mit den Fingerspitzen sanft tastend nach, schafft über Nacht und Zug um Zug die Form ein zweites Mal, zwischen seinen Händen, in seinem Kopf. In einer Anstrengung, die ihm bisher fremd war, gelingt das Abbild vollkommen.

Als der Leichnam längst verbrannt ist, wartet er vergeblich, den Handel zu beenden. Die Arbeit wird nicht abgeholt. So bewahrt er die Maske auf. Als er viele Jahre später stirbt, erkennen andere in ihr sein Gesicht, und bestatten sie mit ihm in der Überzeugung, er habe sie zu diesem Zweck angefertigt.

(Juli 1993)

## Der Eindringling

Ich bin in einem Haus, es ist dunkel. Es gibt Türen und Räume, verschiedene, nicht wenige, und in jedem Raum einen Lichtschalter. Nur kann ich die Lichtschalter nicht finden, und aus einem Grund, ich weiß nicht welchem, bin ich sicher, wenn ich einen Schalter finden würde, funktionierte er nicht.

Ich bin in einem Haus, das ich kenne, es ist mir vertraut, und doch: ich bin nicht sicher, fühle mich unsicher, gleichwie ein unsagbares Unheil bevorsteht. Die Angst wächst in der Dunkelheit, das ist natürlich für Menschen, darum erfanden sie sich das Feuer. In diesem Haus ist kein Feuer und kein Licht. Im Dunkeln könnte dieses Haus, der Raum, die Gänge, wo immer ich stehe, jedes Haus sein, und ich empfinde mit einem Mal dieses Haus als ein anderes Haus, in dem ich einmal oder öfter früher war – und auch da war die Angst und die Dunkelheit.

Mit jedem Augenblick in der Dunkelheit wird die Angst unerträglicher, dringt tiefer in mich und ist schon überall. Ich denke: Noch eine kurze Zeit und ich sterbe allein von der Angst. Es klopft.

Ich hatte nicht gewusst, dass noch mehr Angst sein kann. Es klopft gegen eine Tür wie mit einem Vorschlaghammer gegen mein Herz. Es ist die Dunkelheit und trotzdem erkenne ich an dem Klopfen eine Tür und immer deutlicher, denn das Klopfen wird stärker, gewaltiger, wovon die Tür sich biegt und zittert. Mit einem Mal weiß ich: dieses Klopfen kommt aus keinem Raum, es ist die Eingangstür die erbebt, es ist von außen, jemand will eindringen und ich spüre: die Tür könnte jeden Moment nachgeben. Ich wünsche, nicht mehr zu sein, doch diesen Fluchtweg gibt es nicht. So stehe ich in Dunkelheit und Unerträglichkeit in der Nähe der Tür, hinter der mein Grauen ist. Alles könnte hinter der Tür sein: ein böser, toter, alter Mann, ein Dämon oder schlimmer: etwas Unbenennbares.

Die Tür wird nachgeben. In Dunkelheit und Unerträglichkeit kann ich nicht sein, ich muss sein, die Tür wird bald bersten, vorher verliere ich den Verstand und meine Seele vor Angst. Mir bleibt als einziger Weg: Ich muss es beenden und die Tür öffnen. Mit zitternder Hand, die kaum noch mir gehört, schließe ich den Schlüssel, fühle mich als Wahnsinnige, drücke die Klinke, die Zeit bleibt stehen, ich öffne.

Ein kleiner Mann, mehr ein Männchen steht davor, es sagt, seine Stimme ist sanft: „Ich bringe dir das Licht. Darf ich eintreten?"

*(Juli 1996)*

# Seine Stadt

## 1. Die Ordnung

Dieser Tag war wie jeder andere Tag. Er war es nicht in allen Einzelheiten, aber die Einzelheiten erinnerte Bastóc schon lange nicht mehr.

Weckerklingeln, Aufstehen, Kaffeemaschine an, beim Gehen Louise und die Kinder (Marcello und Marcina) wecken, Buslinie 103, 12 Minuten Zeit für die Tageszeitung, Bürohaus, „Guten Morgen", „einen schönen guten Morgen", „einen besonders schönen Guten Morgen", Akten, „gestern hat der...", „neulich hat die...", „hast du gesehen...?" , Aktenablage, Mittagspause, Kantine, Gericht eins zwei oder drei, Nachmittag, schläfrig, endlos, Kaffeemaschine, bloß nicht jetzt das Telefon, erst halb vier, Kaffeemaschine, Feierabend, Linie 103, Fernsehempfehlungen der Tageszeitung, „Hallo Schatz", „Wie war es?", „Nichts Besonderes", Abendbrot, Nachrichten, Kinder ins Bett, eine Flasche Wein, Spielfilm, Wiederholung, „wie alle guten Filme", Missstimmigkeiten, „früher hast du...", Schweigen, Abendtoilette, nebeneinander, automatisch, Wecker auf sechs Uhr, „Gute Nacht Liebling" oder „Schatz", bestenfalls, Licht aus, umdrehen. Dies war der letzte Tag wie jeder andere.

## 2. Der Auftrag

Es war ein seltenes Ereignis, aus dem Büro in die oberste Etage zum Leiter der Verwaltungsbehörde gerufen zu werden. Bastóc war kein derartiger Fall bekannt. Er selbst hatte den obersten Dienstherren höchstens mal vor dem Fahrstuhl vorübergehen sehen und dann freundlich gegrüßt, ohne dass es bemerkt worden wäre. Trotzdem klang es ganz selbstverständlich, als er den Hörer abnahm und die Stimme hörte: „Bastóc, kommen Sie doch mal eben hoch zu mir."

Erst im Fahrstuhl bemerkte Bastóc das Ungewöhnliche der Situation und dass er nicht wusste, wie er sich angemessen zu verhalten hatte. Seine Hände wurden schweißnass und er lachte nervös, als er sich vorstellte, dass er sich vielleicht in Verbeugungen oder besser gebückt und auf den Knien kriechend dem Schreibtisch nähern sollte. Noch bevor er sich die Tränen aus den Augen gewischt, hatte wurde er mit einem vertrauten Schulterklopfen an der Fahrstuhltür empfangen und vernahm, noch immer eine Hand auf seiner Schulter, eine freundliche Stimme:

„Lieber Bastóc, sie wissen: die politische Veränderung bringt eine gewaltige Umstrukturierung mit sich. Nun sind nicht alle Teile der Bevölkerung so gut informiert, wie es uns in der Stadt selbstverständlich scheint. Es gibt einige Dörfer in Grenznähe, an denen das ganze Geschehen anscheinend spurlos vorüberläuft. Dort gibt es bis heute kein Telefonnetz, keine Zeitungen, der Funkempfang ist durch Gebirgszüge eingeschränkt, schlechte Verkehrsanbindung und so weiter und so fort. Kurz gesagt: es gibt noch Orte, in denen die seit Wochen in den Medien wiedergekäuten Veränderungen noch unklar sind, wenn nicht sogar unbekannt. Stellen sie sich vor, es gibt ein Dorf, in dem hat sich trotz der gewaltigen Vorteile, die sich daraus ergeben und obwohl es gesetzlich zwingend vorgeschrieben ist, bis zum heutigen Tag noch niemand registrieren lassen! Unseligerweise liegt dieses Dorf in unserem neuen Verwaltungsbezirk."

Bastóc staunte. Er hatte es nicht für möglich gehalten, dass es ein Leben außerhalb des Armes des Verwaltungsamtes geben konnte. Die Hand klopfte kurz auf seine Schulter, und dann klang alles ganz einfach:

„Ungewöhnliche Situation, unkonventionelle Lösung. Kurzum Bastóc: Sie fahren morgen früh in dieses Dorf und klären die Einwohner gründlich auf. Die Bahn fährt um 5.24 Uhr, hier ist ihre Fahrkarte, nach etwa drei Stunden erreichen Sie den nächst größeren Ort, der zwar keinen Bahnhof hat, aber Sie können den Schaffner bitten, dort zu halten. Das letzte Stück nehmen Sie einfach ein Taxi, in diesem Umschlag ist Ihr Spesenvorschuss, bewahren Sie die Quittungen auf, selbstverständlich werden sie sparsam sein, aber das muss ich Ihnen ja nicht sagen."

Etwas blöde starrte Bastóc auf den Umschlag in seiner Hand. Sie standen wieder am Fahrstuhl und der andere zwinkerte ihm aufmunternd zu:

„Na, ist das nichts? Ungewöhnlich, aber reizvoll, gerade für einen doch noch ganz jungen Mann wie Sie, nicht wahr? Ich weiß, dass Sie der Richtige dafür sind. Planen Sie ruhig fünf, sechs Tage ein, betrachten Sie es als einen kleinen Kurzurlaub, ein bisschen frischen Wind um die Nase, wann kommen wir Städter schon mal raus?"

Sein Gegenüber schien sich wirklich zu freuen und ein Widerspruch hätte wohl alles verdorben, darum sagte Bastóc einfach: „Danke." Die Fahrstuhltür schloss sich, und er fuhr wieder nach unten.

## 3. Der Weg

Louise war nicht einverstanden, sie misstraute ihm, wie häufig ohne wahren Grund. Doch verstand Bastóc es, die erfreuliche Abwechslung, „ein kleines Abenteuer", wie er insgeheim dachte, als lästige Pflicht darzustellen.

Er stand eine gute Stunde früher auf als gewohnt und weckte Louise nicht, als er ging. Mit einer kleinen Reisetasche anstelle eines Aktenkoffers fühlte er sich an diesem dunstigen Frühlingsmorgen auf dem Bahnsteig als Urlauber. Lediglich die Mappe mit dem Informationsmaterial und Formularen machten ihn zu einem Beauftragten des Amtes. Ein Blick auf seine Armbanduhr sagte ihm, dass er noch zehn Minuten Zeit hatte, die nutzte er, um sein kleines Gepäck auf dem Bahnsteig umzupacken, wodurch er Platz gewann und die Mappe in der Tasche verstauen konnte.

Die Bahn war altmodisch, mit Abteilen ausgestattet und fast leer. Zufrieden ließ Bastóc sich in einen staubigen Polstersitz am Fenster fallen und sah die zunehmend hügeligere Landschaft in einem sanften Nieselregen an sich vorüberziehen. In einem langen Tunnel schlief er ein. Ein Schaffner rüttelte ihn an der Schulter wach. Die Landschaft war jetzt flach und das Wetter sonnig. Es war gerade noch Zeit, den Bahnbediensteten zu bitten, den Zug an der benannten Ortschaft halten zu lassen. „Normalerweise halten wir hier nicht", hatte dieser grau grummelig mehrmals wiederholt, und Bastóc gab ihm kein Trinkgeld, so groß schien ihm der Gefallen nicht zu sein.

Bastóc sah dem Zug nicht hinterher. Staunend stellte er fest, dass schon dieser Ort höchstens ein winziges Dorf war. Es gab keinen Bahnsteig und kein Taxi, nur eine kleine Bar, die anscheinend auch das Lebensmittelgeschäft des Dorfes war. Der Wirt, der Bastóc von der Tür aus aufmerksam beobachtet hatte, seit er aus dem Zug ausgestiegen war, gab ihm freundlich Auskunft. Es bestand keine Gefahr, sich zu verlaufen, denn die beiden Ortschaften waren direkt durch einen Weg ohne Abzweigungen miteinander verbunden. Da das Wetter für die Jahreszeit ungewöhnlich schön war, und Bastóc sich in Urlaubsstimmung fühlte, machte es ihm nichts aus, dass dieser etwa zwei Stunden Fußmarsch bedeutete. Er verabschiedete sich vom Wirt und machte sich gut gelaunt auf den Weg.

Große, kräftige Bäume säumten den Anfang, Bäume, die weniger einer Allee als vielmehr einem urwüchsigen Wald zugehörig schienen, bald verschwanden und kargem, ebenen Land Raum machten, einer staubig roten Öde. Berge konnte Bastóc nur in weiter Ferne sehen. Bald wurde ihm sehr heiß. Die Mittagssonne stand fast senkrecht am Himmel und brannte seinen schutzlosen Kopf, klebte das Hemd an den Körper. Bastóc legte sein Jackett über die Reisetasche, die jetzt eine Last war und bemühte sich, seine gute Laune bis zum sicher nicht mehr fernen Ziel aufrecht zu halten.

Nur senkte die Sonne seine Gedanken wie einst die Landschaft zu einer monotonen Öde und größeren Felsbrocken, wahllos hingewuchtet.

Eine nächste Wegbiegung zwischen zwei dieser Felsbrocken hindurch gab ihm den Blick auf das Dorf: „Nun wird es spannend."

## 4. Die Ankunft

Das Dorf lag als kleine Oase in der staubigen Landschaft. Nur wenige Häuser waren in einer losen Kreisformation angeordnet, darum war ein breiter Streifen grün. Bastóc dachte: „Wie merkwürdig, ein grüner Kreis in roter Landschaft mit einem Tupfer ocker-gelb in der Mitte." In der Ferne zeichneten sich hellblaue Gebirgszüge ab.

Als Bastóc näher kam, stellte er fest, dass die Häuser Hütten aus Holz waren, die meisten gelb, weiß oder sandfarben gestrichen. Der Kreis aus grün war breiter als es aus der Ferne ausgesehen hatte und unterbrochen von dem Weg, den er ging, rechts und links dürres, bräunliches Gras. „Es gibt nur diesen einen Weg in die Siedlung!", stellte Bastóc erstaunt fest und er endete in der Mitte der Kreisformation, auf einem festen sandigen Platz von etwa vierzig Metern Durchmesser. In der Mitte des Platzes stand ein Brunnen und niemand war zu sehen. „Wo sind die Bewohner?"

Bastóc rief zaghaft „Hallo!" und kam sich albern vor, klopfte vergeblich an einigen Türen, drehte sich zunehmend verwirrt im Kreis. „Vermutlich sind sie auf den Feldern hinter den Häusern und gehen ihrer Tagesarbeit nach, ich werde sie suchen."

Zwischen und manchmal vor den Hütten ging der sandige Boden in Gras über. Hinter den Häusern begannen Gärten, so fruchtbar wie Bastóc noch nie welche gesehen hatte. Lächelnd, mit weit aufgerissenen Augen und seiner Reisetasche in der Hand, betrat er einen der Gärten.

Wohin er sah waren zarte Blüten neben üppigen Kelchen, schweres Grün, farbenfrohe Arrangements, wildgewachsen oder halbwild, Obst in Büschen und Bäumen, die einen Schatten in das satte Gras warfen, etwas entfernt ein Brunnen, aus dem er kostete und niemals köstlicher von einem Wasser erfrischt wurde, viele Tiere, kleine, Baumhörnchen und Singvögel, kleinere, mehr schon Insekten, geschäftiges Schmetterlingstreiben, friedlich.

Ein Mensch war nirgends zu sehen. „Ich werde mich hier ein wenig von der Reise ausruhen, sie müssen ja irgendwann zurück in ihre Hütten kommen", dachte Bastóc und legte sich unter einen Baum.

## 5. Im Garten

Jäh sinkt eine Nacht herab, eine weißverhüllte Frau, die sich auf bloßen Füßen aus den Tiefen des Gartens nähert. Wind bricht ihren Schleier und entblößt ein Ebenmaß, das durch die leuchtenden Augen nur noch vollkommener wird. Bastóc schaut sie an und ist von soviel Schönheit zu Tode erschrocken, möchte fliehen und stellt entsetzt fest, dass er sich nicht rühren kann. Er liegt auf dem Rücken am Boden und ist gelähmt, sieht sie näher und näher kommen, sie schaut ihn an, und er kann auch seine Augen nicht schließen und ist geblendet, fast blind, möchte um Gnade flehen, aber kann nicht sprechen, möchte einen tiefen Atemzug nehmen und kann die Luft nicht in die Lunge bewegen. Sie sagt nichts, lächelt, beugt sich zu ihm herunter, legt sich auf ihn und er spürt, wie ihr Körper in seinen sinkt, mit einem sanften Schaukeln, das stärker wird und ihn schweben lässt, leicht über dem Boden, zwischen den Büschen hin und her, durch Bienen, Schmetterlinge, hindurch, von Vögeln beobachtet, die dies zu kennen scheinen. Bastóc kann seinen Körper nicht mehr spüren, hat noch nie so gesehen und glaubt nicht, dass es mit den Augen ist und weiß die Frau in sich und weiß nicht mehr, ob er noch Bastóc ist. Sein Denken versagt, und es ist nur noch Schweben und Kreisen, in einem sanften Auf und Ab und weiter und in Bögen, begleitet von einem Vogel, der singt, hell und laut eine kleine Melodie.

Er schlägt die Augen auf und sieht den Vogel über sich im Baum sitzen, immer wieder die gleiche Melodie zwitschernd. Der Vogel scheint ihm aufmunternd zuzurufen.

Bastóc erwachte vollends und merkt seinen ganzen Körper schweißgebadet, seine Hände zittrig und die Beine zu schwach um sich zu erheben. „Ich habe geträumt. Es war ein Traum. Die Sonne ist gewandert und hat den Schatten des Baumes verschoben, ich habe zu viel Sonne abbekommen. Vielleicht war das Wasser im Brunnen kein Trinkwasser, ich bin vergiftet. Ich bin krank. Ich muss die Bewohner finden, ich brauche Hilfe!"

Mit letzter Kraftanstrengung stand Bastóc auf und taumelte zurück aus den Gärten auf den festen Sand, und kamen die Einwohner zu ihm gelaufen, wie er zu Boden sank.


## 6. Maia

Eine träge Bewegung des Armes tastete ungezielt kühles Laken, ohne zu begreifen, kühl, lindernd. „Kühl", aufgenommen, hin und her bewegt, „kühl", noch kein Begriff, „kühl", angenehm, unsichtbares Lächeln. Der Leib nassgedunsen ungesund, das Laken ohne Inhalt, plötzlich erstes Begreifen. Den Genuss verlängern, „nicht die Augen öffnen", zurückgleiten, der Verstand folgt, pflichtgetreu... Bastóc schreckte auf.

„Einen schönen gelben Morgen, Bastóc", sagte die Stimme einer Frau und legte die sanfte Wärme ihrer Hand auf seine Stirn, Sekunden, auch länger. Aus dem Liegen starren, blöde ohne jedes Verstehen fühlte er sich glücklich, wachte völlig auf und zerstörte: „Wo bin ich, wer bist du?"

Mit einem unglücklichen Lächeln zog sie ihre Hand zurück, stand unvermittelt auf und ging einige Schritte über den rauen Holzfußboden in die Sonne, strich sich die dunkelschweren Haare aus dem Blick, leer durch das Fenster, als gäbe es keine Frage. Bastóc wollte wiederholen, hielt inne, ahnte einen vergessenen Geruch unwirklicher Kindheit oder eines Traumes, sah das Weibliche unter dem einfachen Kleid, lichtumflossen, und eine Befriedigung seiner vergessenen Sehnsucht: die nackten Füße, staubig braun, vom Sonnenstaub umtanzt.

„Du bist wunderschön, wer bist du?", flüsterte er zu laut in die Stille. Sie wandte sich um, hatte vielleicht geweint, aber er nahm an, dass er sich täuschte, die Sonne blendete ihn. Sie kam näher, sehr nah, sah ihn fragend an, sein Kopf, die Haare zwischen ihren Fingern, die zärtlich nur Leere greifen und doch dichter ziehen: „Du bist krank Bastóc, sehr krank. Ich bin Maia, deine Geliebte."

Bastóc hatte nichts begriffen. Die Fieberschwäche zermürbte den Widerspruch, das wohlige Nichtverstehen weichte ihn auf. Gesund werden, schlafen, ihre Hände spüren, den Körper oder Raum mit dem Geruch, der Verbindungen zu Formen, Flecken mehr, Farbmustern ohne ersichtlichen Sinn hinter geschlossenen Augen bewirkte.

Maia brachte warme, dicke Milch, die den bitteren Nachgeschmack verbarg, und helles Brot ohne Geschmack, anfangs in der Schüssel geweicht. Er musste nur schlafen, wenn er aufwachte, war sie da, immer, jeden Tag, mild mit Bastóc. Wenn er ihre Güte erwidern wollte, schaute sie weg, zwang ihn ohne Worte zurück, mit einem Zucken des Mundwinkels, einer auf einmal kraftlosen Hand. Manchmal sah er aus den Augenwinkeln, wie sie ihn beobachtete, wenn er schlief immer. Er wusste nicht, wann sie schlief, er glaubte nie.

Ein nicht getroffenes Abkommen einhaltend schwiegen sie, tagelang.

Eines Morgens erwachte er, und Maia war nicht da. Bastóc setzte sich auf und merkte, dass er ohne Schwäche war. Als er sich vor dem Bett streckte, die Nacktheit entdeckte und seine Kleidung nicht fand, schien es ihm selbstverständlich, sich in die Decke zu hüllen und Maia zu suchen.

Sie kam aus einem anderen Raum mit zwei Bechern und einer Kanne, dampfend und ohne Erstaunen. „Ich bin wieder gesund", wollte er sie erfreuen. „Ja, dein Körper ist erholt, und ich habe uns Kaffee bereitet. Aber du bist noch nicht ganz bei dir", sagte sie, und leiser, so dass er erschrak, „und du hast dein Gefühl verloren."

Bastóc dachte „Ich liebe dich", war irritiert und schwieg.

Maia stellte die Gefäße auf das Tischrund und setzte sich, Bastóc nahm den anderen Stuhl, schlang die Decke, seine Hülle, enger um sich und griff mit einer Hand nach dem Becher. Unbesonnen verbrannte er den Mund, pustete, trank einen kleinen Schluck, pustete, noch einen, und schmeckte den kräftigen Geschmack ihres Kaffees, den sie bereitet hatte, wie er ihn mochte. Er schaute auf, um zu reden und blieb stumm, künstlich, unpassend in dem großen Raum voller Sonne, mit nur einem Bett, zwei Stühlen und einem Tisch. Die Sonne malte die Querverstrebungen des Fensters auf den Boden, seine Augen zogen den Schatten nach, hilflos, und sie wurde voller Zärtlichkeit. Den nächsten Augenblick sah er es, und zum ersten Mal lächelten sie sich an. „Bastóc, wir werden dir helfen, deinen Platz zu finden, die anderen, die Alten, ich." Bastóc hörte ihre Stimme und erinnerte den Gegensatz, seinen Auftrag in aller Deutlichkeit, und alles war ihm verdorben:

„Maia, du hast mich gepflegt, ich war krank, von der Reise, der Hitze, wahrscheinlich sehr krank. Nie habe ich Ähnliches erlebt wie in diesem Raum, und ich bin dir dafür dankbar. Du weckst in mir Dinge, die hoffentlich vieles verändern werden, aber ich bin völlig klar, und du warst leider nie meine Geliebte. Ich habe einen Auftrag, darum bin ich hier, aus der Stadt, wo meine Kinder sind und eine Frau, die ganz anders ist als du."

Maia zögerte, lachte dann zu seiner Überraschung. „Bastóc, ich habe geglaubt, du seist krank, aber jetzt ahne ich, was passiert ist. Und das ist gut, denn jetzt gibt es einen Weg, alles zu ändern, dir zu helfen. Für heute abend lade ich die Alten ein."

Ihre Worte verwirrten ihn, darum lachte er auch.


## 7. Die Alten

Ohne Anklopfen kamen die Alten mit der Dunkelheit ins Haus. Später sollten sie auch unvermittelt wieder gehen. Bastóc sah sie von der Bettkante aus, stand unschlüssig auf. Sie nickten ihm vertraut zu, setzten sich in die Mitte des Raumes auf von Maia bereit gelegte Sitzkissen und forderten Bastóc mit einer Handbewegung auf, es ihnen gleichzutun. Maia entzündete sieben Kerzen, verteilte das den Nachmittag über bereitete Getränk und setzte sich ebenfalls.

Eine längere Zeit des Schweigens, die zum Begrüßungszeremoniell gehören mochte, nutzte Bastóc, um die Alten, die er als Ältestenrat des Dorfes verstand, zu betrachten. Sie waren über die Trankgefäße gebeugt, und schienen sich im Moment für nichts anderes zu interessieren. Das Alter hatte die sieben ähnlich gemacht, sie waren runzlig, hatten lange, noch volle graue Haare und erstaunlich gesunde Gesichtsfarbe, die wohl durch das Kerzenlicht geschönt wurde, wie die Falten von flackernden Schatten vertieft. Bastóc konnte im Laufe des Beisammenseins nicht sicher entscheiden, wer welchen Geschlechts war und änderte seine Meinung darüber mehrmals, denn er konnte sie kaum voneinander trennen. Vielleicht eine Folge der ungewöhnlichen Situation oder des unbestimmbaren Getränkes, das Maia ihm im letzten Tageslicht schon verabreicht hatte.

Dazu aufgefordert begann Bastóc zu erzählen, wie und warum er ins Dorf gekommen war, zwar wohlgeordnet, aber ohne sich völlig von der merkwürdigen Stimmung befreien zu können. Er vergaß nicht, die Hitze und Besonderheit der Reise zu erwähnen, äußerte die Vermutung, der Schlaf in der Sonne sei für einen Sonnenstich verantwortlich, dieser wiederum für Ohnmacht und Fieber. Bastóc endete den Bericht mit einem herzlichen Dank für die dem Städter ungewöhnliche Gastfreundschaft, dankte insbesondere der „wundervollen Maia".

Nach einer zeitlosen Pause ergriff jemand vorsichtig das Wort, wie um ihn zu schonen: „Ja, Maia ist eine wundervolle Frau, darin stimmen wir dir zu. Was den Rest anbelangt, bist du verirrt." Bastóc hob an zum Widerspruch, mit einer Geste hießen sie ihn schweigen.

„Wir werden sprechen dir zu sagen, was wirklich geschehen ist, höre bitte gut zu und unterbrich uns nicht, es wird dir schon schwer genug sein."

Mit einem Kopfnicken stimmte er der Stimme zu, interessiert an der sicher weltfremden und verschrobenen Sicht der Dorfbewohner.

„Du warst lange fort. Wir kennen dich schon, wir haben dich erwartet und freuen uns, dass du wieder hier bist. Du bist Bastóc, Sohn des Dorfes, Geschichtenerzähler des Dorfes."

Bastóc wollte protestieren und auflachen, aber Maia legte ihm zart ihren Finger auf den Mund und behielt seine Hand, was ihm die Rede weniger wichtig machte und ruhig bleiben ließ.

„Um neue Geschichten zu erfahren, gingst du in die Gärten, die unendlich sind und alle denk- und fühlbaren Welten, Wesen und Begebenheiten enthalten. Du wolltest eine besondere Geschichte und bist deswegen lange in den Gärten geblieben, zu lange, wie sich jetzt zeigt. Du hast deine Geschichte erfahren, dich aber auch in ihr verfangen, du hältst sie jetzt für die Wirklichkeit. Die Wahrheit ist, dass nichts von dem, was du erwähnst, woanders als in den Gärten existiert. Es gibt nichts außer uns und diesem Dorf. Denke nicht zuviel darüber nach, akzeptiere es einfach. Warte das Geschick der Zeit ab, du wirst deinen Platz hier finden."

Verwundert sah Bastóc Maia an. Diese Rede war ihm zu klar und bestimmt, um verschroben zu sein, und er überlegte, wie die Wirklichkeit in diesem Kreis noch zu ordnen sei.

Als er aufblickte, waren die Alten unbemerkt gegangen, ohne ein Wort des Ausgleiches. Verärgert blieb er sitzen und warf sich vor, nicht aus der Stimmung des Raumes getreten zu sein.

„Gehe schlafen und lass die Zeit ihre Wirkung tun", fasste Maia ihn bei den Händen. „Ihr seid ja alle verrückt", wollte er sagen, als er sie aber anblickte, schwieg er doch. Mit einem Mal war ihm alles durcheinander, und dies war die Liebe.

## 8. Wechselworte

Mondlicht fiel gegen die Wand, bleichte sie blau, und Bastóc wollte nicht schlafen. Er konnte seine Gedanken nicht ordnen und entschied, sich mit jemandem unterhalten zu müssen, tatsächlich vermisste er Maia.

Er fand sie in einem kleinen Nebenraum, an einem Tisch, regungslos an einer Kerze versunken, die den Raum warm färbte und mit Schatten füllte. Sie blickte auf, als er sprach: „Du hast ein schönes Zimmer, wie ich sehe mit vielen Bildern... und ich habe selten gemütlicher gesessen." „Es ist unser Raum", komplizierte Maia die als Einleitung gedachten Sätze. Beide schwiegen, sie kehrte zur Kerze zurück.

„Maia, ich möchte mit dir reden, ich bin durcheinander, das Denken verwirrt mich, irgendetwas ist verkehrt, ich muss es herausfinden...", leiser, „...und über uns will ich reden." Maia schloss die Augen, senkte den Kopf, schaute ihn an: „Ja, vielleicht ist jetzt die Zeit", fuhr mit der flachen Hand über die Flamme, dann eindringlich: „Du sagtest, du hast eine Frau. Liebst du sie?" „Ja", zögerte er, „nein, ich weiß es nicht, sie ist eben meine Frau."

Das Kerzenlicht verlangsamte die Zeit, beruhigte und tönte die Stimmen rund, der Wechselklang kam aus ihnen. Ein Gespräch entspann sich, wie sonst nur im Halbschlaf, ruhig, leise, voller Pausen und ohne Lügen. Maia fragte: „Liebst du mich?" „Ja."

*Die Flamme beunruhigte die Schatten, Abbild der Dinge, und ihre Gedanken waren gleichmäßig.*

Sie: „Wundert es dich nicht, dass du mich liebst, mich, die du glaubst, erst kurze Zeit zu kennen?"

Er: „Doch. Ohne diese Liebe hätte ich wohl keine Zweifel."

*Die Flamme beunruhigte die Schatten, Abbild der Dinge, und ihre Gedanken waren gleichmäßig.*

Sie: „Gibt es hier sonst nichts, an das du dich erinnerst?"

Er: „Ich weiß nicht, vieles das verwirrt und eine Kleinigkeit vielleicht: Es ist der Geruch in diesen Räumen."

*Die Flamme, die Schattenbilder, gleichmäßige Gedanken.*

Sie: „Der Geruch, das ist nicht viel, aber immerhin..."

*Die Flamme erhellte dunkle Abbilder, Gedanken waren ruhig.*

Er: „Aber ich erinnere mich an alles aus der Stadt, auch wenn sie mir nach drei Tagen merkwürdig fern scheint."

Sie: „Drei Tage? Ich weiß nicht, wie du auf drei Tage kommst, ich pflege dich seit neunundzwanzig Tagen."

*Die Flamme verdrängt die Dunkelheit und schafft Schatten.*

Er: „Du musst dich täuschen."

Sie: „Nein, es ist sicher, mein Blut hat mir deine Rückkehr angekündigt und als du gesund wurdest, habe ich wieder geblutet."

Er: „Es kann nicht sein, spätestens nach einer Woche hätte das Amt Nachforschungen angestellt, Louise, meine Frau, hätte mich gesucht..."

*Der Flammenschatten tanzt in sich, dazwischen die Worte.*

Sie: „Bastóc, Louise und was immer du mit „Amt" meinst, sie können dich nicht suchen, weil es sie nicht gibt."

Er: „Ich habe mein ganzes Leben in der Stadt verbracht."

*Die Flamme schuf Schatten, um sie, die Gedanken, ein Tanz, gleichmäßig.*

Sie: „Du warst einige Tage in den Gärten, und sie haben dir ein ganzes Leben in der Stadt vorgegaukelt."

Er: „Die Stadt. Meine Stadt... warte... Ich kann sie dir nicht beweisen, aber kannst du beweisen, was du sagst?"

*Ihre Gedanken flossen ruhig, die Flamme ein Feuer und Abbilder, Schatten.*

Sie: „Nein, die Wirklichkeit ist nicht zu beweisen. Ebenso gut könnte der Träumer versuchen zu beweisen, dass er träumt. Die Wirklichkeit ist eine Frage des Glaubens und der Gewohnheit. Mein Wirken ist dir Hilfe, Vertrauen zu sammeln."

Er: „Wer sagt denn, dass ich dies nicht alles bloß träume?"

Sie: „Niemand. Glaubst du, dass du alles nur träumst?"

*Die Flamme wirft Helligkeit um einen Gedanken, am Mauerwerk der Schatten.*

Er: „Nein. Neinnein, da bin ich sicher."

Sie: „Du bist dir sicher? Du hast viel Phantasie, glaubst an zwei Wirklichkeiten. Aber ich versichere dir, das Dorf ist deine Welt. Ich glaube dir, dass du glaubst, in einer Stadt gewesen zu sein, aber diese wirst du nie wieder erreichen. Dieses Dorf und deine Stadt schließen einander aus."

*Warme Flamme, belebt Schatten, konkurrierend, Gedanken.*

Er: „ Das ist nicht richtig. Deine Vorstellung vom Dorf schließt die Stadt aus, meine Vorstellung von der Stadt aber nicht das Dorf."

Sie: „Wenn du aus einer Stadt kommst, musst du sie auch wieder erreichen können, wie stellst du dir das vor? Zurück in die Gärten? Sie geben nie zweimal das gleiche Bild, und nie was man wünscht."

*Schattenbilder ineinander, übereinander, inmitten die Flamme und Gedanken.*

Er: „Nein, wenn ich Recht habe, ist die Stadt nicht in den Gärten, sondern an der Bahnlinie, deren nächste Station in der Ebene liegt, durch die der einzige Weg des Dorfes führt, zwei Stunden Fußmarsch etwa."

Sie: „Der Weg in die Hitze? Er ist gefährlich, du müsstest bald umkehren, oder die Hitze würde dich vernichten. Niemand ist auf diesem Weg je an ein Ziel gelangt."

Er: „Niemand. Das bedeutet, niemand hat es versucht."

*Flammenschatten flackerten vor der klaren, nun schmalen Flamme, Gedankendichte.*

Sie: „Einige habe es versucht, sie kamen nicht wieder."

Er: „Ist euch nie der Gedanke gekommen, dass sie jetzt woanders sein könnten?"

*Flamme, gleitende Bewegung zwischen den Schatten um die Gedanken.*

Sie: „Die, die es ebenfalls versucht haben, dachten ähnlich. Sie sind in der Hitze verloren gegangen."

Er: „Ich bin aus einer sehr lebendigen, brodelnden Stadt gekommen, wo diese wahrscheinlich jetzt sind, als Lebende, so wie ich als Lebender gekommen bin, auf dem Weg, der zu einer Bahnstation führt, von der eine Bahn in die Stadt fährt."

*Warme Flamme, die Schatten im lichtlosen Kreis, ab vom Feuer, dem Gedanken.*

Sie: „Das ist nur ein Gaukelbild. Die Geschichten des Gartens sind oft in sich geschlossen und dann voller Gefahren, aus denen nur schlafwandlerisch ein Entrinnen ist."

*Das flackernde Licht wie ein anderes Lachen, auch noch in dem Gedanken.*

Er: „Ich habe in einem Garten geträumt, aber nur kurz, ein Albtraum von meinem Tod."

Sie: „Ah, eine Unebenheit, eine Bruchstelle in deiner Geschichte, der Garten hat etwas in dir angesprochen und dich schonend im Schlaf verjagt, du warst zulange in ihm."

*Die Flamme verliert an Kraft, Platz für lichtscheue Schatten um die Gedanken.*

Er: „So kommen wir nicht weiter, so klärt es sich nie. Ein Vorschlag, der mein Plan ist: Ich gehe den Weg zurück. Gelange ich auch nach vier Stunden an kein Ziel, muss ich zugeben, dass meine Vorstellung falsch ist. Aber ich werde zur Bahnlinie und dann in die Stadt gelangen. Dort regle ich einige unvermeidliche Angelegenheiten, und dann komme ich befreit zurück zu dir."

Sie: „Tu es nicht. Befreien kannst du dich an jedem Ort, solange du nur zugegen bist, dein Plan führt ins Verderben. Einige Stunden hin, einige Stunden zurück, in der ewigen Hitze, die kein Weg ist."

*Unruhige Flammenschatten wachsen über die Flamme, das Feuer ändert geduldig die Form auch ohne Gedanken.*

Er: „Es ist die einzige Möglichkeit, mich zu überzeugen. Ich werde den Weg gehen und wiederkehren."

*Die Flamme belebte Maias Schatten, wie er ihr Forschen, Zögern nachahmte, Abbild nur, und Bastóc fühlte ihren Kuss, seine Stille, die Gedanken..., erstaunlich, die geheimen Bilder, aufgebracht, dennoch, deswegen:*

Sie: „Wenn du dich auch jetzt nicht erinnern kannst, dann versuche es. Kehre bald wieder um, ich will dich nicht noch einmal verlieren."

*Die Flamme belebt die Abbilder, ein schwankendes Lachen.*

Er: „Nach spätestens zehn Tagen bin ich wieder da."

*Die Flamme flackerte.*

Sie: „Nach spätestens einem Tag haben wir dich verloren."

*Die Flamme konnte zwar die Schatten, aber nicht ihr Schweigen mehr beleben, Gedanken und Bastócs Schatten beunruhigt zur Tür, stumm, die Flamme belebte ihre Abbilder zum heimlichen Gruß.*

Unzufrieden mit dem Tanz der Schatten an diesem Feuer erstickte Maia die Flamme, später, nicht für immer.


## 9. Das Dorf

Von Maia angehalten, noch einen Tag im Dorf auszuruhen, hatte Bastóc eingewilligt. Als er aus dem Haus trat, war der Tag heiter, der Himmel einfach nur Blau und mit einer Sonne, die ihre Strahlen auf den Platz zwischen den

Häusern auf das Aroma offener Säcke legte, die zum trocknen ein Alter hierher gestellt hatte, der jetzt etwas entfernt im Schatten saß und ihm freundlich zunickte. Bastóc grüßte auch, verscheuchte erfolglos einen Moskito und ging weiter, in der Absicht, Zuschauer zu sein, aber sobald er sich einer Gruppe näherte, war er Mittelpunkt stürmischer Begrüßungen, Fragen, Scherzen. „Bastóc, Bastóc, Bastóc ist wieder da!", sangen Kinder um ihn herum. Nachfragen, gute Wünsche und anscheinend Zusammenhangloses von den Älteren, kleine Obstgeschenke, Herzliches, das er nicht erwidern konnte und ihm die Situation unangenehm machte.

Einer, der an Masken arbeitete, erweckte mit seiner Tätigkeit Bastócs Neugierde und er ging etwas näher.

*Bastóc:* „Hallo."

*Der Andere:* (unterbricht seine Arbeit, lacht) „Hallo Bastóc."

*Bastóc:* „Was sind das für Masken, die du herstellst?"

*Der Andere:* „Herstellen? Ich mache Masken. Ich mache immer die Masken."

*Bastóc:* „Mir gefallen deine Masken, sie sind so farbenfroh und lebendig, vielseitig und nicht erschreckend."

*Der Andere:* „Das freut mich Bastóc, es freut mich immer, wenn dir meine Masken gefallen."

*Bastóc:* (lacht verlegen) „Wofür machst du die Masken?"

*Der Andere:* „Für das Fest der blassblauen Göttin."

*Bastóc:* „Was ist das für ein Fest?"

*Der Andere:* Wir feiern es, um die blassblaue Göttin zu erfreuen und dich zu begrüßen.

*Bastóc:* (verlegen) „Wann findet das Fest statt? Ich breche morgen auf und werde einige Tage nicht hier sein."

*Der Andere:* Es ist alles arrangiert, du wirst beim Fest dabei sein."

Bastóc sagte unverständlich betont etwas wie „Das freut mich." Und verabschiedete sich (lachte verlegen), einer

Gruppe Kinder entgegen, deren Begrüßungen er jetzt vorsichtshalber vertraut erwiderte, sich mit ihnen etwas befreiter zu unterhalten und mit weniger Scham zu fragen: „Was sind das für Männer, ohne Kleidung im Gras?" Die Kinder riefen hell: „Die Tänzer, das sind die Tänzer!" „Was für Tänzer?" „Die später tanzen, auf dem Fest, zusammen mit Nub." „Wer ist Nub?", und augenblicklich verstummten die Kinder, um sie war Stille und Bastóc fand schon wieder kein Wort, bis eine Kleine ihre Augen nicht erhob und leise sprach: „Nub ist der, der tanzt." Dann gingen die Kinder.

Die Stille wich einer Hitze, die Bastóc als Vorwand nutzte, in die Sicherheit des Hauses zu flüchten, sich im Halbdunkel auszuruhen. Maia war mit Vorbereitungen von Speisen beschäftigt, deren Gerüche seine Gedanken belebten „*Fremd* ist eigentlich nicht das richtige Wort, es ist beinah mehr so, als wenn ich meine Rolle nicht kennen würde..., also doch fremd... das Dorf erstaunt mich... sogar sehr... gefällt es mir."


Am Abend kam es zu einem kleinen Streit mit Maia, weil sie sich weigerte, ihm seine Sachen wiederzugeben. Sie behauptete, er hätte nie andere gehabt als „die du jetzt trägst" und die er in einem Schrank ihrer Hütte gefunden hatte. Die Mappe mit den amtlichen Unterlagen war ebenfalls verschwunden, und Maia lachte ihn aus, als er sagte, er glaube, sie habe sie verbrannt. Eine Armbanduhr gab Maia vor, gar nicht zu kennen.

Aber Bastóc konnte ihr nicht lange böse sein, beim Einschlafen nahm er sich vor, ihr eine schöne Uhr aus der Stadt mitzubringen.

Nachts träumte er von Louise, als sie noch jünger und verliebt waren.

# 10. Rückweg und Ankunft

„Kehre zeitig um", bat Maia ihn, und Bastóc schaute nicht mehr nach der kleinen Gruppe, die ihn bis an den Dorfausgang gebracht hatte.

Er fühlte eine Anspannung, darum ging er zügig und drehte sich nicht um. Kaum hatte er die zwei Felsbrocken durchschritten, von denen er wusste, dass sie den Blick auf das Dorf versperrten, wurde er ruhiger und begann in Gedanken die Trennung von Louise vorzubereiten. Weder spürte er die aufkommende Hitze des Tages, noch hatte er einen Blick für die rötlich karge Landschaft, er suchte nach Erklärungen. „Ich sage einfach die Wahrheit... Welche Wahrheit... Sie wird es nicht verstehen... Verstehe ich es?... Sie wird verzweifelt... oder wütend... wenn überhaupt, oder es ist ihr egal... nein, sie... wird sich vielleicht sogar freuen... Ich habe keine Ahnung, wie sie reagieren wird... So lange schon bin ich mit ihr verheiratet, und ich kenne sie kaum...Oder kenne ich sie doch?... Sie will eine finanzielle Absicherung, das hat sie immer betont... Das meiste gehört mir... Marcello und Marcina!... Die Kinder... ich habe die Kinder vergessen.... Habe ich Kinder? Das kommt mir so merkwürdig vor. Ich weiß kaum, wie sie aussehen? Kann das sein?... Wirklich, etwas stimmt nicht mit mir... Auch wenn ich an Louise denke, sehe ich sie jünger, als sie jetzt schon ist... Bin ich am Ende verrückt geworden?... Und wenn schon! Ich werde mich trennen, besser keinen Vater als einen so schlechten, wie ich es bin... Ich habe es noch nicht einmal gemerkt, all die Jahre... Für sie ist es auch besser, sie können im Dorf Urlaub machen, es wird ihnen gut tun... Louise kriegt alles, das Geld, die Lebensversicherung, die Aktien, die Wohnung... Sie hat schließlich die Kinder, ich fange neu an... Ich fange neu an... Ein neues Leben, von allem befreit... Es ist das Beste... wenn meine

Frau und meine Kinder mir so fremd sind. Einfach alles zurück lassen und neu anfangen."

Die Felsen warfen kaum noch Schatten, die Sonne, fast senkrecht, schleicht sich in Bastócs ungeschützten Kopf.

„Wovon lebe ich im Dorf? Was arbeiten sie, wo verkaufen sie? Ich glaube, sie handeln gar nicht, sie versorgen sich selbst, aus den Gärten... Das gefällt mir... Einige Dinge werden mir fehlen... aber nein, ich wüsste nicht was."

Die helle Hose voll rötlichem Staub.

„Die Bewohner sind so fröhlich... so anders... so angenehm... und ich, wie werde ich sein und wer?... Der Geschichtenerzähler, ein Scherz... eine Möglichkeit... Eine merkwürdige Möglichkeit."

Nur Sonne Staub und Bastóc.

„Geschichtenerzähler. Kann ein Fremder nicht nur als Geschichtenerzähler heimisch sein?... Kann ich Geschichten erzählen?... Ein, zwei Dinge hätte ich schon im Kopf... Begebenheiten aus der Stadt... ich müsste nur noch die Worte dazu aussprechen...

Die Sonne stand weiß am Himmel und zwang Bastóc, sie zu beachten. „Es ist Mittag, ein halber Tag ist um." Aus seinen Gedanken aufgeschreckt sah er hin und rechnete, rechnete die Länge eines Frühlingstages (nie konnte ein Frühlingstag so heiß sein), die Hälfte zur Mittagszeit, war sich nicht sicher, wie viel Stunden ein halber Tag in dieser Jahreszeit hat, schätzte vier, sechs oder drei Stunden, dachte, dass er die Station längst hätte erreichen müssen; überlegte, ob er zu langsam gewesen war, unverantwortlich Gedanken nachgehangen hatte, entschloss sich schneller zu gehen, trotz der Hitze, um die Stadt zu erreichen, mit der er einzig durch sein schlechtes Gewissen noch verbunden war.

Er hatte den Weg verloren. Roter Staub von seinen Knien bis in die Weite, Felsen und kein Weg. Er ging einige

Schritte zurück, erst suchend, dann erschrocken, kurz nüchtern, schon verzweifelt. Der Weg blieb verloren.

Der Weg, den er erinnerte, war nicht zu verlieren. Jener war eindeutig und verlässlich.

Bastóc wollte umkehren und zögerte, zu oft hatte er schon beim Suchen die Richtung gewechselt. Die Stunde, in der die Sonne keinen Schatten wirft, und selbst wenn, Bastóc könnte nicht beschwören, sie bei seinem Aufbruch rechts oder links gesehen zu haben. Er flehte nach ein paar Minuten Schatten, überzeugt, das sei schon eine Lösung. Nur gab es für ihn nirgends Schatten.

So irrte er seine eigene Ewigkeit der immer gleichen Weite entgegen und hatte keine andere Erinnerung als Hitze und Staub, und die Wüste war ihm das Leben, schon immer, und bald der Tod.

Und so fanden ihn Maia und die anderen, unweit des Dorfes, blind von Staub und Blendung. Sie gaben ihm Wasser, und er erbrach es. Sie reinigten seine Augen, und er wollte nicht sehen. Sie fragten ihn „Wer bist du?", und er sagte im Erwachen „Bastóc, der Geschichtenerzähler."

*(1991, 2002)*

## Der lichte Moment

Sie denken, ich bin verrückt. Nein, sie spielen, sie denken, ich bin verrückt. Oder noch genauer: ES lässt sie spielen, sie denken, ich bin verrückt.

Der Verdacht, der sich am 23. Oktober vergangenen Jahres (Die Nacht nach dem 23. Oktober) zur Gewissheit verdichtete, war mir nicht neu, der Verdacht, vieles um mich herum sei inszeniert. ES ist sehr geschickt, die Wahrscheinlichkeitsrechnung mit der logischen Folgerung „es ist unwahrscheinlich, dass das Unwahrscheinliche nie passiert", sollte meine Zweifel zerstreuen, und wenn das nicht reichte, bot man mir andere Möglichkeiten an: Schicksalsfügungen, religiöse, mystische, transzendente Erklärungen. Selbst Fehler und Ungenauigkeiten im Ablauf waren entschuldigt: „Es kann eben nichts sicher naturwissenschaftlich bewiesen werden."

Es waren persönliche Kleinigkeiten, die mich stutzig werden ließen: Ein Mensch (Ich will die alten Begriffe der Einfachheit halber beibehalten, es wäre richtiger zu sagen: Etwas, das ES einen Menschen spielen lässt), ein Mensch begegnet mir, am nächsten Tag wieder, übernimmt eine kurze Rolle in meinem Leben und verschwindet für immer. Niemals vorher gesehen, niemals später. Zufall? Ich habe es durchgerechnet, so einen Zufall kann es nicht geben. Mir kann man nichts vormachen, Mathematik ist meine Stärke.

Meine Vorliebe für die Schicksalstheorie war es, die mich so lange stillhalten ließ. Alles war eben Schicksal, Schicksal, Schicksal. Bis zur besagten Nacht, in der ein Traum meinen Weg zum Erkennen einleitete:

Ich befinde mich inmitten einer großen Menschenmenge auf einem freien Feld. Die um mich Herumstehenden sind bleich und merkwürdig gesichtslos. Ein dumpfes Murmeln wie von unzähligen Selbstgesprächen erfüllt die Ebene. Da erscheint ein riesiges Auge am dunstigen Himmel, Panik erfasst die Menge, sie beginnt zu rennen, kommt nicht weit, erstarrt in der Bewegung, wird grauer Stein, um dann zu Staub zu zerfallen und sich mit der Ebene zu vereinigen. Ich bin als einziger stehen geblieben. Das Auge schaut mich an, ich schaue das Auge an und fühle: Es ist gut. Ich kenne dieses Auge, es ist eins der meinen. Langsam senkt es sich auf mich herab, ich dringe in es ein, vereinige mich mit ihm, bin nur noch Auge. Ein Klang umhüllt mich, wird dichter und dichter und formt sich schließlich zu den Worten: „Wache auf, gehe hinaus und sieh!"

Ich schlug die Augen auf, Finsternis umgab mich. Von einem inneren Beben erfüllt, das aus der Gewissheit um eine unmittelbar bevorstehende ungeheuerliche Entdeckung entstand, zog ich mir eine Hose an, streifte den Pullover über, ging – noch immer im Dunkeln – die Treppe hinunter, öffnete die Tür und betrat die Nacht.

Dem beherrschenden Gegenstand meiner Kindheit, ein Affe aus groben Stoff, waren die Mundwinkel nach oben verzogen, doch sah das nicht lustig aus, es war böse. Alles an ihm war starr wie seine Augen, auch die Arme, wie sie sich unbarmherzig einer Trommel entgegenbewegten, wenn man einen Schlüssel auf dem Rücken gedreht hatte. Nachts sucht er mich bisweilen noch heute heim, starrt mich höhnisch an, Grenzposten zu einem anderen Reich, zum dunklen Tanze trommelnd.

Ich trat aus der Tür in die Nacht und merkte, das etwas fehlte. Ich stellte nicht sofort fest was, suchte immer schneller und fand schließlich einen Mann aus der Nachbarschaft. Er stand bei seinem Auto, eine Hand an der offenen Fahrertür, das Gesicht mir zugewandt. Im ersten Moment glaubte ich, er würde in der Bewegung innehalten, erstaunt, mich so spät in der Nacht auf der Straße zu sehen. Er erwiderte meinen Gruß nicht und ich stand ihm sekundenlang gegenüber. Dann bemerkte ich, dass er starr war. Er schien wie der Affe meiner Kindheit, wenn er unaufgezogen war. Erst belustigte der Gedanke mich mehr, als dass er mich überraschte oder erschreckte (unmittelbar nach einem intensiven Traum bin ich nicht so leicht zu überraschen). Der fehlende Wind war es, der mich unruhig werden ließ. Die Unruhe steigerte sich, als ich die völlige Stille, die damit einherging, empfand. Kein Zweig im Baum rührte sich. Ich näherte mein Gesicht einem fein verästeltem Gebüsch mit äußerst dünnen Blättern – nicht die geringste Bewegung! Die Unruhe steigerte sich zu Schweißausbrüchen, als ich das Blatt sah. Das Blatt war in meiner Augenhöhe, es hing nicht an einem Baum (der stand einige Meter entfernt), hing nicht an einer Spinnenwebe (ich fuhr mit der Hand drum herum), und fiel auch nicht. Es war einfach in meiner Augenhöhe, unbeweglich, der Verpflichtung, sich in schaukelnden Bewegungen zum Boden zu bewegen enthoben. Von Entsetzen geschüttelt stürzte ich zurück ins Haus (ohne es zu wagen, zu Wolken und Sternen empor zu gucken).

Wieder im Schutz des Bettes wich mein Entsetzen nur langsam einer Verwirrung, war doch mein früherer Verdacht harmlos gegen das tatsächlich Gesehene: Nicht nur das Auftreten einzelner Personen war inszeniert, sondern alles um mich herum Trug, Schauspiel, Maschinerie. Auch das Unbelebte (ich hatte es den Lebewesen immer vorgezogen) war zu meiner Verhöhnung ersonnen.

Erschöpft und von der Ungeheuerlichkeit durcheinander geworfen schlief ich darüber ein und erwachte erst am späten Vormittag wieder. Ich beschloss mir vorerst mein Wissen nicht anmerken zu lassen, bis ich einen Plan haben würde. Ich konnte mich auf nichts mehr konzentrieren und alle Freude war mir geraubt. Alle beobachtete ich verstohlen, und ständig war ich auf der Suche nach Fehlern im Ablauf.

Heute weiß ich, dass diese Suche sinnlos ist, mich nur beunruhigt und zu keinem Ziel führt. ES und ich haben uns inzwischen arrangiert. ES verschont mich mit seiner Schmierenkomödie. Hier gibt es nur noch mich, die weiße Kleidung, die weißen Wände und eine Luke zum Austausch von Nahrung und Exkrementen. Auf diesen letzten Trug besteht ES noch, aber ich verhandle weiter und werde nicht aufgeben, bis auch die Wände und – wer weiß – vielleicht mein Körper verschwunden sind.

*(Januar 1991)*

# Lichtblick

Juan und Marcel hängen seit geraumer Zeit am Kreuz und reden über Himmel und Hölle, Gott und Teufel. Ein mädchenhafter Engel erfrischt die beiden immer wieder mit Wasser. Dafür benutzt sie Schwamm, Wassereimer und eine Trittleiter. Eine Dame aus dem Weltall tritt auf.

Dame: Ihr mit eurem Teufel, Gott. Ich werde euch was erzählen, damit ihr endlich weiter denkt.

Juan : Siehst du sie auch?

Marcel : Sie ist wunderschön.

Dame : Deswegen habe ich mir diesen Körper ausgesucht, so ist es einfacher für uns alle. Hört mir zu, ich möchte euch Menschen etwas erklären.

Marcel : Wir werden es nicht weitergeben können.

Juan : Wir sterben.

Dame : Darum seit ihr es, zu denen ich gekommen bin. Ihr werdet es verstehen. Ich werde erst etwas erklären und dann eine Frage stellen. Hört nur gut zu:
Jeder Planet hat einen Geist und ist von ihm durchdrungen. Er ist eng mit der Entstehung des jeweiligen Planeten verknüpft. Der Geist eures Planeten hat vier verschiedene Erscheinungsformen. Eine ist das Feuer, das den Kern eures Planeten bildet. Diese Erscheinungsform wird in einigen eurer Religionen Hölle genannt, und mag sein, dass es das für euch Menschen auch ist, weil ihr klein und selbstsüchtig seid. Der Geist des Mars ist sehr viel zerstörerischer und feuriger. Der Geist des Jupiter

ist weitaus gewaltiger, mächtiger, gegen den ist der Erdengeist ein kleiner Kuschelteddy. Natürlich ist er nicht die Venus und sicher auch schwieriger als Merkur, aber er hat unübersehbar gute Seiten: Er ist fruchtbar, listig, kreativ und neugierig. Er ist weder brutal noch rücksichtslos, es ist nur, dass er keine Gnade kennt. Aus seiner Sicht macht sie keinen Sinn. Er denkt in weiteren Bögen, in Planetenbahnen, er sieht die Kreise der Wiedergeburt und liebt keine Verzögerungen. Sterben, verbrannt, beerdigt, ins Wasser geworfen und gleich beginnt die nächste Runde. Er ist ein Pragmatiker und hat dabei sehr viel Charme, er ist kein sabberndes Ungeheuer, außer für die, die mit so etwas erschreckt werden wollen. Aber der Erdengeist ist schlecht gelaunt, jedenfalls aus Sicht der Lebewesen auf eurem Planeten, für euch erscheint es so. Vielleicht wird der Erdengeist von einigen von euch als Teufel bezeichnet, weil er seit Milliarden von Jahren unbarmherzig gegen euch ist. Wollt ihr wissen warum?

Juan : Nur zu gern.

Marcel : Hat ihm jemand in die Suppe gespuckt?

Dame : Genau. Aber das eigentliche Problem ist, dass er nicht weiß, wer es getan hat, denn er ist taub, stumm und blind. Er ist eine Energie, die an dieser Schnittstelle im Kosmos schon vor der Erde existierte. Er hat die Kollision zweier Planeten an dieser Stelle herbeigeführt und aus dem Material der beiden einen neuen Planeten geformt.

Um einen Teil vom Älteren zu bewahren, als Geste des Respekts, erhielt er ein Bruchstück von ihm in Reinform. Das ist euer Mond. Die Erde aber wurde sein Meisterwerk. Festes Land und Wasser, ein glühender Kern, ein atmosphärischer Mantel. Und alles war irgendwie verbunden, pulsierte und kommunizierte erregt miteinander. Es war ein Paradies. Darum haben wir es ausgesucht, unseren Samen hier zu pflanzen. Wir haben das organische Leben auf diesen Planeten gebracht. Das Leben der Steine und die Inbrunst der Lavaglut gab es hier schon vorher.

Marcel     : Eure Zutat war ihm nicht recht?

Dame     : Wir konnten ihn nicht fragen, er hatte keine Sprache. Aber er ist sehr listig. Er hat dem organischen Leben immer neue Schwierigkeiten in den Weg gelegt, so dass es sich immer weiter entwickeln musste. Damit es das konnte, hat er seine Energie hinzu gefügt. Er ist ein Meister des Maßes. Wie viel Schwierigkeit erträgt das Leben, wie viel Energiezufuhr braucht es? Wir haben lange nicht verstanden, was er damit bezweckt, es hat uns geärgert. Die Amöbe war im Grunde ein perfekter Datenträger für den genetischen Code. Wozu einen Löwen erschaffen, wenn dieselbe Botschaft genauso gut unter dem ewigen Eis existieren kann?

Juan     : Um seinem gewaltigen Zorn Ausdruck zu verleihen?

Dame     : Es ist nicht das. Er zwang den Datenträger Amöbe eine Form zu finden, dessen

Würde, Größe und Gewalt selbst die frechen Affen erschreckte, so dass diese Werkzeuge, Sprache und Gebet ersonnen.

Juan : Er ist ein großer Künstler!

Dame : Er hatte immer Fürsprecher bei uns deswegen. Wir glauben jetzt zunehmend zu Recht, wir glauben zu wissen, warum er sich so verhielt. Er ist ein Tänzer, der in Träumen lehrt. Er schuf den Menschen, er schuf dem organischen Leben eine Form, die sich die Sprache erfand. Eine Form, die er beeinflussen konnte. Er schuf den Menschen, um durch ihn mit uns zu sprechen. Die Menschen sind die Gestalt gewordene Neugier des Erdengeistes, hervorgegangen aus der Saat der Unsrigen. So sehr die Seinen, dass sie sich eine Sprache ausdachten, so sehr die Unsrigen, dass sie damit über die Sterne redeten. Die Erde spricht durch die Menschen. Und sie sprechen unsere Sprachen. Jede Sprache, jeder Dialekt findet sein Gegenstück auf einem bewohnten Planeten. Nirgendwo sonst hat irgendwer einen Sinn darin gefunden, verschiedene Sprachen auf einem Planeten einzuführen.

Juan : Was sagt er?

Dame : Deswegen bin ich hier, um es euch zu fragen.

Marcel : Wir wissen doch nichts.

Dame : Vielleicht wisst ihr es, ohne es zu wissen. Ihr seid dem Tod zu nah, um noch zu lügen. Erzählt mir irgendwas, es kann nicht das Verkehrte sein, schließlich seit ihr seine Boten.

| | |
|---|---|
| Marcel | : Er will kommunizieren. |
| Juan | : Er will sich vernetzen. |
| Marcel | : Er ist eigentlich mehr eine sie. |
| Juan | : Mutter Erde. |
| Marcel | : Samenvater Himmel. |
| Juan | : Wasser, Erde, Feuer, Luft und Liebe. |
| Marcel | : Er will ein organisches System aus Planeten, galaxienübergreifend, denn er selbst hat keinen Körper, keine Sprache. Er erlebt als Substanz. Er könnte zwischen den Planeten aus Stein, Gas, Wasser und Feuer ein organisches Empfinden herstellen. |
| Juan | : Mit aller Hilfe. |
| Marcel | : Er ist ohne Sprache klug. |
| Dame | : Aber warum will er das? Kann man ihm trauen? Was bezweckst du, ihr könnt mich nicht belügen! |
| Juan | : Der Erdengeist belügt niemanden, nur verstehen wir Menschen ihn meist nicht. |
| Dame | : Ich bin kein Mensch. Ich werde ihn verstehen. |
| Mädchen | : *(unterbricht das Abtupfen der nackten Oberkörper der beiden mit einem nassen Schwamm und dreht sich zu der Dame um)* Ich bin einfach neugierig, wie es im Rest des Universums aussieht. Ich will das Universum nicht erkunden, ich will es erleben. Ich will ein Teil sein, dass Bewusstsein über das Ganze besitzt. *(Wendet sich wieder den Leidenden zu und erfrischt sie mit Wasser.)* |

*Die Dame aus dem Weltall löst sich in einem gleißenden Licht auf. Das Mädchen packt Eimer, Schwamm und Leiter zu-*

*sammen und geht ab. Juan und Marcel bleiben an den Kreuzen zurück, die Scheinwerfer gehen aus.*

*(März 2002)*

## Nina

*„Wenn du ehrlich bist, hat dich nix je so gebeamt."*
(Textzeile auf der CD „nina nikita")

In seinen Gedanken verknüpfte Erik die Menschen seiner Umgebung zu einem Netz. Nicht jeden, sondern die, die ihm auffielen, wenn er sie wieder und wieder in den Straßen, Bars, Läden, Märkten oder Theatern der Stadt traf.

Er konnte nicht sagen, was diese von denen unterschied, die er nicht bemerkte. Vielleicht, dass sie etwas mehr Menschen waren oder Erik und sein Netz etwas weniger Mensch, als es auf den ersten Blick und für Außenstehende schien. Die Hülle war menschlich, darin lebte ein Tier, wahlweise kobold- oder vogelähnlich.

Erik knüpfte ein Netz aus Fäden, ohne Absicht, ohne Ziel und ohne zu verstehen, wie so etwas geschehen konnte. Die Menschen trafen sich wieder, erkannten sich wieder, grußlos verbunden. Mehr noch schienen sie geradezu bemüht, sich ihre Bekanntschaft nicht anmerken zu lassen, als wenn es strategisch ungünstig wäre, das Netz sichtbar zu machen.

Ohne es zu wissen, hoffte Erik, dass ein bunt schillernder Fischschwarm, eine transzendente Erfahrung, dem Einzelnen nicht möglich, hier die Beute wäre – und dann immer wieder wird.

Anfangs versuchte er, sich in kurzen Gesprächen mit einigen dieser Menschen auszutauschen, aber es erwies sich als destabilisierend. Offensichtlich war nicht allen ihre Besonderheit bewusst oder sie verbargen sie geschickt. Möglicherweise wird die Maschenstruktur erst im Moment des Fanges greifbar. Bis dahin verknüpfte Erik die Fäden, die aus den Bäuchen der Menschen kommen mit seinen Gedanken oder bemerkte, dass sie bereits verknüpft waren, was in diesem Gewerbe das selbe bedeutet.

Ein Fischzug. (März 2001)

Der Fischzug war gewesen, bevor Erik das Netz bemerkte. Tief in der Nacht in einer Hafenkneipe mit Tanz standen alle auf einmal mit einem Bein in einer anderen Kneipe, am selben Fluss und selben Ort, etwa sechshundert Jahre davor. Nur ein anderer und Erik bemerkten es. Sie waren Piraten, die die Heimkehr von einem reichen Beutezug feierten. Der andere war der Klabautermann und durfte sich nehmen was er wollte, dies war schon immer das Erfolgsgeheimnis auf Eriks Schiff gewesen. Der Klabautermann nahm sich die Frau, die ihm gefiel, drohte allen, führte sich ganz als Affe auf und hatte seinen Spaß dabei. Später bestahl er einen einfachen Matrosen, der sich das nicht gefallen lassen wollte, und Erik musste seine ganze Autorität als Kapitän einsetzen, um eine Schlägerei zu verhindern. Der Klabautermann wäre als Sieger hervorgegangen und trotzdem noch lange verstimmt geblieben.

Als sie gingen, getrennt, sich sahen, vor der Tür der Hafenkneipe, spürten beide den Pakt, der vor mehr als sechshundert Jahren in Afrika geschlossen worden war und heute unverändert galt. Zeiten, Landschaften, Mode und Gebäude ändern sich, die Menschen bleiben dieselben. Solange der Klabautermann sich nehmen kann was er will – und sei es das Leben eines Matrosen – ist das Schiff sicher, auch im Sturm.

Auf dem Nachhauseweg fragte sich Erik, wie der Pakt sich heute wohl auswirke, ohne Schiff und Kapitänspatent.


Ein anderer Fischzug (April 2001)

Eine neue Tanzhalle sollte eröffnet werden, und Erik war mit dem Fahrrad dahin gefahren. Auf der letzten großen Kreuzung vor seinem Ziel klang ihm lautes, alles übertönendes Rabenkrächzen in den Ohren, eine Begrüßung, die er schon an anderen Orten zu anderen Anlässen erfahren hatte. Kurz vor dem Eingang traf er den Zeitungsverkäufer, der immer ein unterarmhohes, hölzernes Christenkreuz mit sich trug. Sie tauschten einige Worte, bevor Erik die neue Halle betrat. Innen war viel Raum, eine sehr hohe Decke mit gläsernen Spitzdach. Die meisten aus der Hafenkneipe neulich waren auch hier, der Klabautermann nicht. Eine Schiffsreise konnte es nicht werden, das Wasser war zu weit weg. An diesem Ort gab es einen anderen Typ Mensch, die wirkten viel zahmer als die, die auch Piraten sein konnten. Neben Erik tanzte ein langer, dürrer Kranich, der seine Größe ausnutzte, um Erik, der eine wesentlich kleinere Amsel oder so was war, zu attackieren. Zwar gelang es dem Kranich nicht, ihn beiseite zu drängen, weil er schon früher gelernt hatte, mit dem Standpunkt zu verwurzeln, aber es reichte aus, das Tanzvergnügen zu verderben. Also musste der Kranich weg. Im Zusammenspiel mit einem akustischen Signal des Schallplattenlegers, einem Gewitterschlag mit nachfolgendem Rabengekrächz über dem Glasdach und Eriks Entschluss, wurden die Piraten Amseln und ziemlich munter. Sie tanzten den Tanz der Amseln, den der Kranich wegen seines Körperbaus nicht kann. Der verlässt die Tanzfläche und behauptet einigen umherstehenden Weibchen gegenüber, dies sei kein Tanz, sondern lächerlich oder unverschämt oder was auch immer. Tatsächlich war der Kranich gescheitert, weil wer anderen den Platz wegnehmen will, nicht in einem Schwarm fliegen kann.

Erik tanzte die ganze Nacht verschiedene Vogeltänze, lehnte alle Weibchen aus ungeklärten Gründen ab und hörte auf dem Rückweg auf einer Straßenkreuzung wieder das Rabenkrächzen, während er mit weit ausgebreiteten Armen auf seinem Fahrrad eher flog als fuhr.

Vor den Fischzügen. (23. Februar 2001)

Er hatte lange auf einem Bein gestanden und seine Kraft war unerschöpflich. Die Wohnung war zu eng um ihn, also drängte er hinaus in die Nacht, durch den Park, die Andreastreppe hinab in die Hafenkneipe, die übervoll ist mit Menschen und gewaltiger Musik und alles will feiern und Erik mittendrin. Überall waren schöne Frauen, Mädchen, kaum hatte er eine gesehen, sah er schon die nächste. Nie hatte er eine erotischere Tanzfläche erlebt. Als ob das nicht schon zu viel sei, war auf einmal direkt vor ihm eine, die seiner Phantasie und nicht der Wirklichkeit entsprungen zu sein schien. Er traute sich nicht, sie zu berühren, befürchtend, ihrer Transparenz gewahr zu werden, doch konnte er sie riechen und ihn kitzelte ihr Haar. Sie tanzten die halbe Nacht, nach dem Höhepunkt stellte sie sich ihm vor, und er verabschiedete sich bald wieder, weil was hätten sie dem in dieser Nacht hinzufügen sollen?

Auf dem Weg zurück war Erik sonderbar leicht, rühmte die Unbekannte mit einem Gedicht, genoss die Aussicht vom Hügel auf den Fluss und sprach mit einem Vogel. Er traf sie nicht wieder, doch blieb sie immer bei ihm.

(Dezember 2001)

## du kamst zu mir

*Mit einem Mal ist das Leben leicht, so leicht,
dass Leben nicht mehr das richtige Wort ist.*

Du bist an jenem Morgen früh aufgestanden, entgegen deiner Gewohnheit. Das schmerzliche Glücksgefühl war in den letzten Tagen häufiger geworden, eine Liebe zum Leben, die du früher nicht für möglich gehalten hättest. Doch diese Liebe war ein ängstliches Festhalten, sie nährte sich von der Verzweiflung, das Nichts war die verschwommene Drohung im Hintergrund. Beim Aufwachen hättest du heulen können; und dann raus, das Leben ausfüllen, ausschöpfen, tiefe Atemzüge auf der Straße. An diesem Tag war der Himmel von einer Bläue, die dir nie wirklicher erschien, du konntest dich nicht satt sehen. Das Glück ließ dich laufen, erhitzt und mit einem unwahrscheinlichen Lachen angefüllt brachst du in den Park ein, der Schweiß tropfte dir aus den Achseln, kitzelte dich am Bauch. Womöglich hast du dir unter das Hemd gegriffen, ihn verrieben, vielleicht daran gerochen, alles in dir rief: „Ich lebe, ich lebe!"

Als Isabel noch manchmal kam, waren die Tage einfacher, sie liefen an dir vorbei und ließen dich in Frieden.

Du drücktest deinen Rücken in den Rasen, er kühlte, während die Sonne eine Wärme hinter deinen Augen schuf. Zwei, drei Atemzüge, tief, heftig, bewusst atmetest du tiefer, langsamer, ruhiger, weniger tief, setztest dich auf, lächeltest, warst jetzt ruhiger, hattest das Glück in dir geborgen, im Moment noch sicher. Einige Minuten konntest du nun gehen, unverletzlich, froh, entspannt. Vielleicht waren diese Phasen die schönsten in jenen Tagen.

All dies wird ein Ende haben, dachtest du noch ohne Bitterkeit. Doch schon ahntest du die lauernde Verzweiflung, entwarfst Rettungspläne, versuchtest die Illusion aufzubauen, all dies sei ein Traum, andere würden folgen, ewig. Doch das Gespinst gewann keine Form, noch unvollkommen zerfiel es wieder, zu deutlich war dir dieser Tag. „Dies ist mein Leben.", wusstest du. Das Unwohlsein näherte sich schon bedrohlich; vielleicht Kinder, in ihnen fortleben, ein Gott, Leben nach dem Tod. Nein, dies hatte nie geholfen, und du musst zugeben, dass du das wusstest. Wenn kein Trost, dann Ablenkung, auch dies wäre jetzt ein Trost. Du nahmst das Buch, welches auch das meine ist, und setztest dich. Es war zuviel Leben in diesem Park, drängte sich auf, war unumgänglich. Gehe weg von hier! Du bist nach Hause gegangen, immer schneller. Es war da schon dieses Reißen im Magen, nicht schmerzhaft, aber es kam meist zusammen mit den Tränen der Verzweiflung, die auch ein Zorn war und ohnmächtig.

Es war richtig von dir, die Vorhänge beiseite zu ziehen und die Fenster zu öffnen. In deinem Zimmer war nicht viel außer dem Licht, die Wirklichkeit wusstest du hier auf ein Minimum zu beschränken. Möglich, dass dies keine Absicht war, aber es entspannte dich, die Verzweiflung zog sich zurück, nimm das Buch!

Die Sätze reihten sich zu einem Ganzen, nichts lenkte dich mehr ab, sie flossen immer schneller an dir vorbei, machten dich schwindelig, schon taumeltest du, der Strom ließ alles vor deinen Augen verschwimmen, gib deinen Widerstand auf, wozu noch? Du wanktest, noch nicht losgerissen und nicht mehr fest verankert, du ahntest die Kühle, belebende Frische und lässt dich plötzlich nach vorn fallen, tauchst ein in den Strom. Er trägt dich, umschmeichelt dich, weiter und weiter, bis du nun bei mir bist, beinah sind wir schon eins, und ich weiß, dass du nie wieder gehen wirst.

*(Februar 1991)*

## Die Wirklichkeit

Wie ein Mann nachts eine Frau traf, erkannte er sie kaum wieder, gleichwohl sie sich nicht verändert hatte. So fragte er sich, von welcher Beschaffenheit diese Nacht wohl sei. Dies zu klären und daraus folgernd entschloss er sich, die Dinge zu beobachten und es wurde ihm ein Genuss. Seit er begonnen hatte zu sehen, stand nichts mehr am alten Platz, fasziniert beobachtete der Mann die laufenden Veränderungen. Als ein heiteres Gemüt griff er bald in die Geschehnisse ein. Alles arrangierte er zur Bühne, um sich noch bei getaner Arbeit am Schauspiel zu erholen. Und wenn er jetzt nachts die Frau trifft, erkennt er sie als die, die eine Schauspielerin ist.

*(1996)*

## Juanitos Scherbe

*El silencio que habita los espejos*
*ha forzado su cárcel.*
(J. L. Borges ; Atardeceres)

Am feucht gewordenen Rand des steinernen Brunnens steht der Krug, abgestoßen, grobrot. Die junge Frau brauner Lenden im weichen Rock balanciert mit samtäugigem Blick den Krug auf dem Kopf fort über den Staub ins einstmals weiß getünchte Haus am Platz der kleinen Elendssiedlung nicht fern der Hitze. Ein in verschmutzte Tücher gehüllter Junge bleibt am Brunnenfuß sitzend zurück und beobachtet das Rückenbild der Frau in einer von fünf Fingerchen ungeschickt umklammerten Spiegelscherbe. (Eine braune Riesenameise läuft unbeachtet über seinen Fuß.) Die Scherbe ist sein Schatz. Sie gehört ihm, er hat sie gefunden. Ein Blinken in der Sonne hat den Fund angekündigt. Mit unsicheren Sprüngen und neugierig geöffnetem Mund läuft er zu dem Funkeln. Die Sonne wirft einen Strahl vom Boden direkt in seinen Kopf. Er fühlt sich verzaubert und sieht als Bestätigung ein Gesicht in seiner Hand, mit dem er sprechen und spielen kann, am Brunnen. Gemeinsam beobachten sie das Weggehen der Frau, bis der Vorhang des Barackeneinganges sie verwischt. In den niedrigen Raum getreten sieht die junge Frau ihre kleinste Schwester sich die langen schwarzen Haare kämen und sagt: „Vermeide böse Blicke in den Spiegel!" Das Mädchen erschrickt bei diesem Gedanken und reißt den Spiegel wie mit einer fahrigen Bewegung von der Wand. Die Scheibe fällt auf die Kommode, springt im Glas, rutscht, schlägt am Boden auf, zerfällt in scharfe Stücke. Die Großmutter sieht das Brechen unendlich langsam in ihrer schattenbewohnten Wirklichkeit. Wortlos kehrt ihr müder Rücken das Glas zusammen, kniet sie sich nieder, die Mädchenhaare von den Scherben zu trennen, die sie in ein Tuch legt, zum

Bündel verschnürt, das Schlimmste zu verhindern. Der Spiegel hat sie geängstigt, denn die Geister, die sie nachts fürchtet und anbetet, belauern sie dort auch am Tage. Die Dämonen des Spiegels sind gefährlicher als die des Wassers, denn die sind dort gebunden, ersäufen nur den, der in die Flüsse fällt. Ein Spiegel kann zerfallen.

Der Junge sieht in seiner Scherbe die Alte aus der Hütte humpeln, mit einem Beutelchen und Schaufel, die Augen vor der jahrelang gemiedenen Sonne verkniffen. Neugierig folgt er ihr, sieht sie das Bündel verscharren, dessen scharfer Inhalt dem Stoff ein Loch gerissen hat. Hinter der Hütte bleibt ein kinderhandgroßes Funkeln liegen. Im Hocken sieht der Junge dort ein braunes Knabengesicht und liest es auf. Er sucht den Brunnenschatten, spielt dort mit seinem Schatz. Der Spielgefährte in der Hand sitzt nur dort und kauert, schaut ihm stumpf in die Augen, mit offenem Mund und wird ihm lästig. Darum durchschneidet er ihm blitzschnell mit der schärfsten Kante den Hals.

*(April 1992)*

## erwachen

Ein Sonnendach auf dem Kopf ist er aufgewacht. Von fern war es ein Hut geflochten aus über den Haaren gebrochenen Strahlen. Begrenzt von Sonne, Bauch und Boden, hat er sich mühsam erhoben. Kein Schutz vor der Sonne, nur ein Dach aus Strahlen, ward sein Traum verbrannt, tief in den Bauch verdammt, in den Boden gestampft. Er legte einen Blick auf die Schatten seiner Schlangenhaut, streifte sie ab und tat den ersten Schritt in die unbenannte Ebene.

(Januar 1999)

## Der Druckfehler

Friedrichs Tod stand fest. Jemand hatte seinen Mord geplant und ihm bereits das tödliche Gift verabreicht. Das Gift wirkte schleichend, das Schicksal hatte zugestimmt und den Tod auf den Weg geschickt. So standen Zeitpunkt und genauere Umstände festgeschrieben wie in einem Buch.
Doch hin und wieder kommt es vor, dass ein Buch einen Druckfehler hat.

Friedrich war schon öfter beinah gestorben, erst versehentlich, in Unfallsituationen. Später hatte er die Todesnähe vorsätzlich gesucht, weil er bei den Unfällen etwas wie den Schatten einer Person gesehen hatte und herausfinden wollte, wer der Urheber des Schattens war.
Dem Tod gefiel die bedingungslose Neugierde und schließlich offenbarte er sich ihm. Sie wurden Freunde, soweit man mit dem Tod Freundschaft schließen kann. Einmal tat Friedrich dem Tod drei Tage lang einen Gefallen, im Gegenzug sagte dieser zu, an dem entscheidenden Tag in Friedrichs Leben für den Druckfehler zu sorgen. Zusätzlich kümmerte er sich sogar noch darum, dass er das verlängerte Leben mit der Frau seiner Liebe ohne schwere Krankheit verbringen würde. Alles was Friedrich dafür versprechen musste war, dieses Leben genügsam, großherzig und gerecht zu leben. Und weil der Tod selbst großherzig ist, vertraute er ihm noch einige Geheimnisse über den Zeitpunkt des Todes hinaus an und ließ ihn sogar ein Zipfelchen seines nächsten Lebens sehen.
Zitternd, geschwächt und gleichzeitig trunken vor Glück verließ Friedrich die Unterredung mit dem Tod, der anderen so furchterregend erscheinen kann. (Bei einigen schlüpft er in die Rolle des Teufels.) Es würde zwar eini-

ge Widrigkeiten in seinem Leben geben, aber darüber konnte er nur lachen und sie sogar genießen, denn er wusste, sie gehörtem zu diesem Leben. So sah er hin auf das Gute und es wuchs und wuchs, je genauer er hinsah.

An dem Punkt, an dem er sterben sollte, starb ein anderer. Das war unvermeidlich, denn wenn der Tod geschickt wird, muss er einen mit sich nehmen. Um Friedrich nicht mit einem schlechten Gewissen zu belasten, nahm der Tod ihm die Erinnerung an dieses Arrangement. Weil Friedrich hellwach war, merkte er es dann doch. Es war Marcian.

Jeden Abend schloss Friedrich das Theater, in dem er als Kartenabreisser arbeitete, ab, sobald der letzte Gast und auch die Schauspieler gegangen waren. Seit dreieinhalb Jahren war dies der unveränderte Ablauf, einem Uhrwerk gleich. Erst schloss er die vier Außentüren von innen, dann löschte er die vier Lichter des Foyers, dann verließ er das Theater durch den Seitenausgang. Von außen überprüfte er noch einmal alle vier Türen, ob sie auch wirklich abgeschlossen waren (sie waren es immer), dann ging er nach Hause.

Am Abend vor Marcians Tod kamen er und Friedrich nach der Vorstellung, die beide angesehen hatten, in ein Gespräch. Marcian arbeitete in demselben Theater als Beleuchter. Sie unterhielten sich über die Bedeutung zwischen den Zeilen, die beschriebene Schönheit des Himmels und die Bedeutung von Träumen. Während der Unterhaltung saß Marcian auf dem gemütlichen Stuhl, den Friedrich sich für die Vorstellung bereitgestellt hatte und neben dem er jetzt hockte. Schließlich waren alle gegangen und sie unterhielten sich noch immer. Friedrich schloss begleitet von Marcian die vier Türen ab, löschte die vier Lichter und sie gingen gemeinsam aus dem Seitenausgang hinaus. Als Friedrich von außen wie gewohnt den Verschluss der vier Türen kontrollierte, sah er, dass eines der vier Lichter brannte. „Das habe ich noch nie erlebt", sagte er überrascht zu Marcian und ahnte, dass dieser Bruch der Routine eine Bedeutung hatte. Seiner Pflicht folgend schloss er die Haupttür der vier Türen wieder auf, ging hinein, löschte das Licht, tastete sich zurück durch das dunkle Foyer und ging durch dieselbe Tür wieder hinaus. Marcian wartete draußen, hatte seinen Schlüssel bereits von außen in das Schloss gesteckt und sagte: „Ich schließe ab." Dies war das erstemal in dreieinhalb Jahren, dass nicht Friedrich die Tür abschloss.

Als sie im Gespräch vertieft den Vorhof des Theaters verließen, schaute von der anderen Straßenseite eine Gruppe Männer drohend herüber. Diese waren engagiert, Friedrich zu prügeln, bis der Herztod durch die Aufregung in Verbindung mit dem Gift eintreten würde. Aber sie erkannten das ihnen bestimmte Opfer nicht, denn sie warteten auf einen Mann, nicht auf zwei. Die Redenden bemerkten die Gruppe kaum, was zu ihrer Rettung beitrug. Marcian erzählte von einer Lebensmittelvergiftung, die er vor einigen Tagen nur knapp überstanden hatte, weil sie im Krankenhaus nicht erkannt worden war. Einige hundert Meter weiter gabelte sich ihr Weg in verschiedene Richtungen, und als sie sich verabschiedeten, lag eine unruhige Furchtsamkeit in Marcians Augen.

(April 2002)

Inhalt:

Céciles Liebe                    Seite  3
17 Jahre sind genug             Seite  9
Der Auftraggeber                Seite 11
Der Eindringling                Seite 12
Seine Stadt                     Seite 14
Der lichte Moment               Seite 36
Lichtblick                      Seite 40
Nina                            Seite 46
du kamst zu mir                 Seite 50
Die Wirklichkeit                Seite 52
Juanitos Scherbe                Seite 53
erwachen                        Seite 55
Der Druckfehler                 Seite 56